'옛날에 옛날에 호랑이가 담배 먹고
　　　　　까막까치가 말을 할 때 …'

입에서 입으로 전해 내려온 옛이야기에는

겨레의 삶과 꿈이 녹아 있습니다.

아주 오래 전부터 옛이야기는 어린이들의 가장 가까운

친구였습니다. 구수한 입말로 펼쳐지는 흥미진진하고 무한한

상상의 세계, 올바른 이가 고난과 역경을 이겨내는 결말은,

어린이들이 용기 있는 사람으로 성장하는 데 밑거름이 되었습니다.

『까치 호랑이』는 어린이를 위한 옛이야기 그림책입니다.

옛이야기의 원형을 온전히 살리고, 쉽게 따라 할 수 있는 재미있는

입말과 개성적인 그림으로 정성스럽게 꾸몄습니다.

『까치 호랑이』는 우리 어린이들이 옛이야기의 참맛과

우리 문화를 가깝게 느끼는 계기가 되어 줄 것입니다.

Exclusive Distribution For US and Canada
Network International, Inc.
P.O.Box 1081
Northbrook, Illinois 60065-1081, U.S.A.
Tel. (847)480-4410, 729-2501
Fax. (847)480-4413, 729-2705

해와 달이 된 오누이 ⓒ도서출판 보림 1996

글 이규희 · 그림 심미아 · 초판 1쇄 발행 1996년 12월 20일 · 초판 2쇄 발행 1997년 6월 30일 · 펴낸곳 도서출판 보림 · 펴낸이 조은숙 · 출판등록 제8-105 · 주소 서울시 마포구 서교동 364-22 금산빌딩 4층
대표전화 (02) 3141-2222 · 팩스 (02) 3141-8474 · 하이텔 / 천리안 BORIMPLC · 유니텔 보림 · 인터넷 borim20 · 분해 / 제판 동방 프로세스 · 인쇄 삼조인쇄 주식회사 · 값 6,500 원 · ISBN 89-433-0256-8
· 잘못된 책은 바꾸어 드립니다.   89-433-0251-7(세트)

해와 달이 된
오누이

이규희 글 / 심미아 그림

보림

옛날 어느 깊은 산골에 어머니와 오누이가 살았대.
하루는 어머니가 아랫마을 잔칫집에 일을 하러 가게 됐단다.
"애들아! 집 잘 보고 있거라.
엄마가 올 때 맛있는 떡을 갖다 주마."
"엄마, 잘 다녀오세요."
어머니는 굽이굽이 고개를 넘어갔어.

어느 틈에 날이 저물었단다.
일을 마친 어머니는 떡 광주리를 이고 서둘러 집으로 향했지.
타박타박 산길을 걸어서 첫 번째 고개를 마악 넘으려는데,
갑자기 커다란 호랑이가 길을 턱 가로막는 거야.
"에그머니나!" 어머니는 깜짝 놀랐어.
"어흥! 떡 하나 주면 안 잡아먹지." 호랑이가 으르렁대며 말했어.
어머니는 얼른 떡 하나를 던져 주고 부리나케 달아났어.

두 번째 고개를 넘었어.
그런데, 이번에도 호랑이가 먼저 와서 떡 버티고 있었어.
"어흥! 떡 하나 주면 안 잡아먹지."
어머니는 얼른 떡 하나를 던져 주었어.

세 번째 고개를 넘었어.
어쩌지, 이번에도 호랑이가 먼저 와서 떡 버티고 있었어.
"어흥! 떡 하나 주면 안 잡아먹지."
어머니는 얼른 떡 하나를 던져 주었어.

네 번째 고개, 다섯 번째 고개…
호랑이는 고개마다 기다리고 있다가
떡을 몽땅 빼앗아 먹었어.

"어흥! 떡 하나 주면 안 잡아먹지."
"호랑아, 이젠 떡이 없단다."
"어흥! 그럼 널 잡아먹어야겠다."
호랑이는 어머니까지 잡아먹고 말았어.

"흐흐흐. 이 옷을 입으면 엄마인 줄 알겠지?"
호랑이는 어머니의 옷을 입고 오누이가 기다리는 집으로 갔단다.
아이들도 잡아먹으려고 말이야.

"애들아! 엄마다. 어서 문 열어라."
호랑이는 어머니 목소리를 흉내 내서 말했어.
"으응, 이상하다.
우리 엄마 목소리는 그렇게 쉬지 않았는데."
"그거야, 찬바람을 쐬고 오느라 목이 쉬어서 그렇지!"

"그럼, 손을 내밀어 봐요."
호랑이는 창호지 문구멍으로 손을 쑤욱 내밀었어.
"으응, 이상하다.
우리 엄마 손은 이렇게 꺼칠꺼칠하지 않은데."
"그거야, 추운데서 일을 많이 해서 그렇지!"

"그럼, 발을 내밀어 봐요."
호랑이는 문틈으로 발을 쑤욱 내밀었어.
"으응, 이상하다.
우리 엄마 발은 이렇게 크지 않은데."
"그거야, 추우니까 버선을 많이 신어서 그렇지!"
오누이는 호랑이 말에 깜빡 속아서 문을 열어 주었단다.

호랑이는 냉큼 방안으로 들어갔어.
"애들아, 배고프지? 엄마가 얼른 저녁밥 해줄게."
호랑이는 수건을 푹 눌러쓰고 부엌으로 들어갔단다.
그런데, 치맛자락 사이로 호랑이 꼬리가 삐죽 나왔어.
"아니, 저건 호랑이 꼬리잖아! 우리 엄마가 아냐.
도망가자!"

오누이는 후다닥 방에서 뛰어 나와
우물가 높은 나무 위로 올라갔어.
호랑이가 방에 들어가 보니까 아이들이 안 보이는 거야.
"아니, 이 녀석들이 어디 갔지?"
호랑이는 집안 구석구석을 뒤졌어.
"이런, 방에도 없고, 마루에도 없고,
뒷간에도 없고, 헛간에도 없네.
어유! 장독대에도 없고, 마루 밑에도 없잖아."

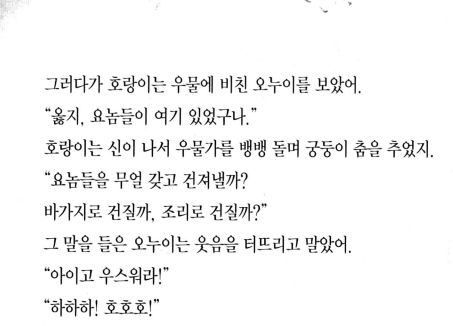

그러다가 호랑이는 우물에 비친 오누이를 보았어.

"옳지, 요놈들이 여기 있었구나."

호랑이는 신이 나서 우물가를 뱅뱅 돌며 궁둥이 춤을 추었지.

"요놈들을 무얼 갖고 건져낼까?

바가지로 건질까, 조리로 건질까?"

그 말을 들은 오누이는 웃음을 터뜨리고 말았어.

"아이고 우스워라!"

"하하하! 호호호!"

웃음소리를 듣고 호랑이가 위를 쳐다보았지.
"으응. 너희들 거기 있었구나!"
호랑이는 나무 위로 기어오르려고 했어.
하지만 자꾸 미끄러졌지. 호랑이가 물었어.
"애들아, 거기에 어떻게 올라갔니?"
오빠가 얼른 대답했어.
"손이랑 발에다 참기름을 듬뿍 바르고 올라왔지."

호랑이는 앞발, 뒷발에 참기름을 잔뜩 바르고
나무에 기어올랐어.
하지만 쭈르르 미끄러져 엉덩방아를 찧고 말았지.
"아이쿠, 엉덩이야!"
누이동생이 깔깔 웃으며 말했어.
"이런 바보. 도끼로 쾅쾅 찍으며 올라오면 되잖아."

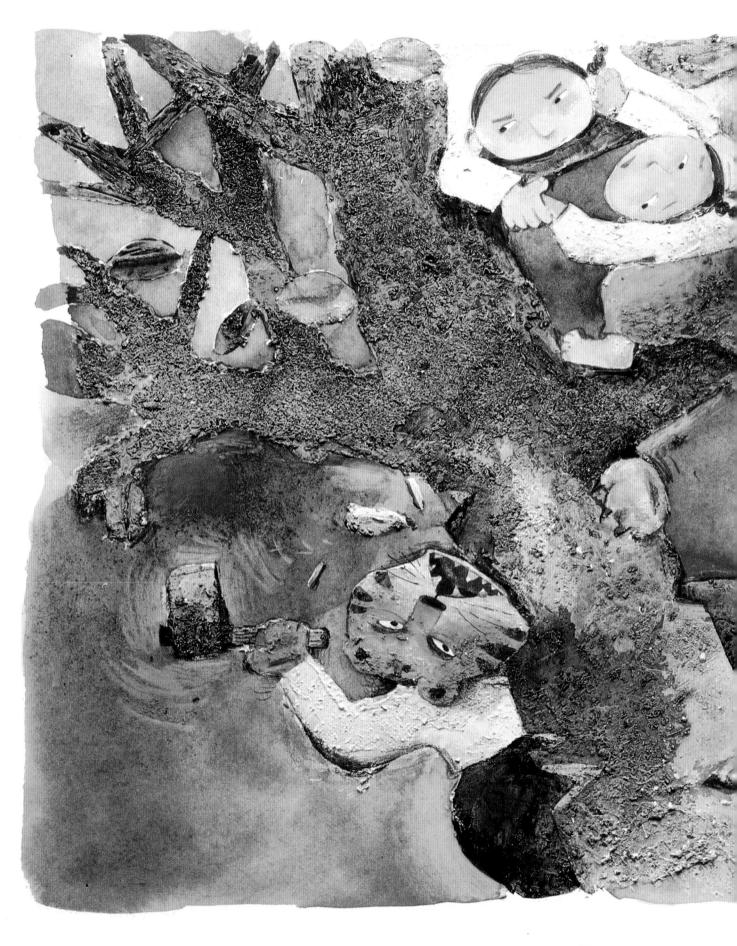

호랑이는 얼른 도끼를 가져와서 나무를 쾅쾅 찍었어.
"흐흐흐, 이젠 됐다."
호랑이는 신바람이 나서 나무 위로 성큼성큼 올라갔어.
오누이는 호랑이를 피해 위로 위로 올라갔고 말이야.

오누이는 나무 꼭대기까지 올라갔어.

이제 더 이상 올라갈 데가 없었지.

오누이는 하늘을 향해 빌었어.

"하느님, 하느님.

저희를 살리시려면 새 동아줄을 내려 주시고,

저희를 죽이시려면 썩은 동아줄을 내려 주세요."

그러자, 하늘에서 스르르 동아줄이 한 가닥 내려왔어.

오누이는 얼른 동아줄에 매달렸지.
동아줄은 하늘로 올라갔어.

호랑이도 오누이 흉내를 냈단다.
"하느님, 하느님.
저를 살리시려면 새 동아줄을 내려 주시고,
저를 죽이시려면 썩은 동아줄을 내려 주세요."
이번에도 하늘에서 스르르 동아줄이 내려왔어.

"흐흐흐. 됐다."
호랑이는 신이 나서 동아줄에 매달렸어.
그런데 호랑이가 누이동생의 치맛자락을
막 잡으려는 순간,

"뚝!"
호랑이가 매달린 동아줄이 그만 끊어졌어.
그건 썩은 동아줄이었거든.
"으아악~."
호랑이는 쿵하고 땅에 떨어져 죽고 말았대.

그 뒤, 하늘로 올라간 오누이는 해와 달이 되었단다.
오빠는 환한 해가 되고 누이동생은 은은한 달이 되었다는구나.

『해와 달이 된 오누이』는 어머니로 가장한 호랑이 이야기입니다.

이런 유형의 민담은 전세계에 널리 퍼져 있는데, 유럽의 『빨간 모자』나 『늑대와 일곱 마리 아기염소』

중국의 『늑대 할머니』 등을 예로 들 수 있습니다.

이렇게 동일한 모티브도 각 나라의 문화와 정서에 따라 얼마나 다양하게 변주되는지 모릅니다.

경쾌하게 진행되는 『빨간 모자』나 『늑대와 일곱 마리 아기염소』와는 달리,

『해와 달이 된 오누이』는 해학적인 면도 있지만 전체적으로 보면 애조를 띠고 있습니다.

호랑이와 아이들의 대결이 신적인 존재의 도움으로 해결되고,

아이들이 지상을 벗어나 해와 달이 되었다는 신화적인 측면도 우리만의 독특한 것이지요.

또한, 이 이야기에는 '떡 하나 주면 안 잡아먹지', '저희를 살리시려면 새 동아줄을 내려 주시고…'

등의 재미있는 입말이 반복되고 있습니다. 오랜 세월 동안 우리 아이들이 즐겨 외워 온 유명한 구절이랍니다.

글쓴이 이규희는 어린이를 위한 글을 쓰고 있다. 1978년 중앙일보 '소년중앙문학상'에 동화가 당선되어 등단하였으며, 1991년 한국동화문학상,
1993년 한국아동문학상, 1996년 어린이문화대상을 받았다. 지은 책으로 『아버지의 날개』, 『앉은뱅이꽃의 비밀』, 『우단의자의 행복』, 『구름 위의 큰 새』 등이 있다.

그린이 심미아는 어린이를 위한 그림책을 그리고 있다. 제2회, 제3회 '출판미술대상전'에서 특별상을 받았으며,
서정적인 분위기를 잘 표현하는 작가로 평가 받고 있다. 작품으로 『수염 할아버지와 모자』, 『채소나라 임금님』, 『동시화집』 등이 있다.

편집 주간 박상용 · **기획 / 편집** 최정선 장원정 문윤희 · **아트 디렉터** 박순보 · **디자인** 이창수 박성준 김효은 · **제작 관리** 구본석 · **영업** 장문수 이승규 이진욱 권영섭 권오철 송은정 · **자재** 노정우